Glühwein, Mord & Spekulatius

Die etwas anderen Geschichten zur
schönen Weihnachtszeit.

*Dieses Büchlein ist ein mit Liebe
ausgesuchter, kleiner, außergewöhnlicher,
bemerkenswerter, phänomenaler, unvergleichlicher,
magischer, unübertroffener, fabelhafter
Gruß an einen ebensolchen Menschen*

Ein kreatives Gesche

von:

für:

Alle Figuren* und Handlungen dieser Texte sind frei erfunden. Jegliche Ähnlichkeiten mit realen Ereignissen und Personen wären purer Zufall.

Lars Winter
Glühwein, Mord und Spekulatius
Mörderische Geschichten ums Fest der Feste

Originalausgabe
1. Auflage 2018
ISBN 978-3-946186-08-3

Wind und Sterne Verlag –
Fabienne Meyer | Hinterruthen 1 | 55571 Odernheim

windundsterneverlag@gmail.com
www.windundsterne-verlag.com

Gestaltung und Satz:
alles mit Medien, www.allesmitmedien.de

Lektorat: Valerie Noack
Illustrationen: Wolfgang Keller
Illustration Seite 22: Lea Rüger

* *In Sachen Nikolaus, Knecht Ruprecht und Christkind gibt es im Verlag durchaus unterschiedliche Meinungen ;-)*

FRAGEN & ANTWORTEN

zum Thema Weihnachten

Frage:

Welches typische Weihnachtsgebäck wurde früher auch zu Ostern gebacken und verzehrt?

☐ Pfeffernüsse
☐ Lebkuchen
☐ Vanillekipferl

Antwort:

Der bei uns beliebte Lebkuchen stammt eigentlich aus Dinant in Belgien. Über Aachen kam er in die fränkischen Klöster, wo er jahrhundertelang als Fastenspeise in der Osterzeit geschätzt wurde.

***

Frage:

Werden alljährlich in Deutschland mehr Schokoladenweihnachtsmänner oder Osterhasen aus Schokolade verkauft?

☐ Mehr Osterhasen
☐ Mehr Weihnachtsmänner
☐ Gleich viel

Antwort:

Mehr Osterhasen.

Mit ca. 56 % Anteil (immerhin ca. 12.500 t) an den Gesamtverkäufen von Schokoladenhohlfiguren hat Meister Mümmelmann die Nase vorn.

Schokolade ist Gift
oder
Von der Weisheit japanischer Sprichwörter

Wenn das Leben dich zu einem Hund macht,
werde wenigstens der Hund einer reichen Familie.
[Japanisches Sprichwort]

Kai Klaas saß an seinem Schreibtisch und öffnete gerade das letzte Kuvert, das ihm die hübsche Briefträgerin eben an der Haustür in die Hand gelegt hatte. Ihr süßsaures Lächeln hatte dabei noch melancholischer gewirkt als sonst – ganz so, als wüsste sie intuitiv, dass das wieder nur Mahnungen waren, die ihm da ins Haus flatterten. Seufzend zog er die Schublade auf und packte die Schreiben ungelesen auf die anderen, die er dort seit Wochen deponierte.

Nein, dieses Jahr hatte es nicht gut mit ihm gemeint.

Gleich im Januar hatte er einen Autounfall gehabt, im März die Masern und im Mai hatte ihm seine Firma mitgeteilt, dass die Hauptverwaltung der Versicherung nach Görlitz verlegt würde. Für die Mitarbeiter, die nicht in dieses idyllische Städtchen an der polnischen Grenze ziehen wollten, hatte die Personalabteilung gleich ein Abfindungsangebot beigefügt. Bei den paar Jahren Firmenzugehörigkeit und der Funktion eines Innendienst-Schadensregulierers A bis D hieß das für ihn drei Monatsgehälter und keinen Cent mehr. Er hatte es dennoch angenommen. Schließlich hatten Charlotte und er sich erst vor fünf Jahren ihren Traum vom eigenen Einfamilienhaus vor den Toren Kölns erfüllt. Die Zinsen für den Kredit waren niedrig gewesen, die Ansprüche an ihr Traumhaus dafür umso höher. Schließlich baute man nur einmal im Leben und irgendwann würden sie ohnehin so viel Geld haben, dass sie den ganzen Kredit auf einen Schlag zurückzahlen könnten. Tante Theodora war nicht mehr die Jüngste. Die einen sterben und die anderen erben – so funktionierte das Leben. Warum sonst hatte er sich von der alten Dame adoptieren lassen. Natürlich hatte er dafür ihren Familiennamen annehmen müssen. Klaas – ein Name, den niemand auf Anhieb richtig schrieb, ganz egal wie lang man das A auch betonte. Theodora war stolz auf ihren Familiennamen und er darauf, dass die Frau in der mondänen Villa am Stadtrand ihn als Erben ausgewählt hatte. Er war im Schatten des alten Steinkastens aufgewachsen. In einem kleinen Haus, das neben der Villa wie deren baufällige Garage wirkte. Theodora Klaas war Witwe und hatte keine eigenen Kinder. Als Jugendlicher hatte er oft seinen Fußball über den Zaun ihres Anwesens geschossen. Dort hatte sie den lieben langen Tag im Garten gearbeitet. Als er wieder einmal seinen Ball hatte holen wollen, war sie wie aus dem Nichts vor ihm aufgetaucht und hatte ihn gefragt, ob er nicht Lust hätte, ihr bei der Gartenpflege zu helfen. Kai hatte gehofft, so sein mageres Taschengeld aufzupäppeln, aber da hatte er sich gründlich verspekuliert. Theodora Klaas war nämlich der in Kleider gepackte Geiz. Ganz egal wie lange er fürs Rasenmähen oder Laubrechen brauchte, als Bezahlung gab es immer eine Tasse Kakao und einen in goldenes Papier eingewickelten Schokoriegel. Beides kam aus der Schokoladenfabrik, die Theodoras Großvater wer weiß wann gegründet hatte. Ein lachender Nikolaus war das Markenzeichen, das auch heute noch in jede Verpackungsfolie eingeprägt wurde – naheliegend bei dem Namen Klaas. Kai war fünfundzwanzig gewesen, als kurz nacheinander seine Eltern gestorben waren und Theodora ihm den Vorschlag gemacht hatte, ihn zu adoptieren.

Zehn Jahre war das jetzt her. Er hatte damals gedacht, das große Los gezogen zu haben.

Die alte Frau hatte mehr Geld, als sie zählen konnte – und vor allem war er davon ausgegangen, dass sie bereits mit einem Fuß im Grab gestanden hatte. Für einen Fünfundzwanzigjährigen stand jeder, der älter als siebzig war, an der Schwelle des Todes.

Es war sicher nur eine Frage der Zeit, bis er seinen langweiligen Job (auch damals war er Sachbearbeiter gewesen, aber bei einer anderen Versicherung) würde kündigen können. Als er wenig später auch noch Charlotte kennengelernt hatte, meinte er, dass sein Glück jetzt perfekt wäre. Eigentlich hatte Kai gar nicht viel vom Leben erwartet. Er war ein Allerweltstyp, nicht übermäßig intelligent, ein durchschnittlicher Schüler, Sportler und Mann. Charlotte war sein Gegenstück gewesen – nur eben die weibliche Variante. Das mit dem Erbe hatte er ihr natürlich erst nach der Hochzeit erzählt. Er wollte schließlich nicht wegen seines zukünftigen Geldes geheiratet werden. Dabei war die Sorge bei Charlotte völlig grundlos gewesen. Seine Frau war bei ihrer Großmutter aufgewachsen und hatte deren Bescheidenheit und Nachkriegsknauserigkeit übernommen. Neue Lebensmittel wurden erst gekauft, wenn die alten aufgebraucht waren, und schicke Mode konnte man auch im Secondhandladen erwerben. Nur in Sachen Urlaub und bei ihrem Traumhaus wollten sie beide keine Abstriche machen. Wenn Theodora starb, würden sie gleich die alte, kalte Klaas'sche Villa meistbietend verkaufen. Wer konnte denn auch ahnen, dass die alte Frau so lange leben würde? Und wer wissen, dass der neue Geschäftsführer der Versicherungsgesellschaft den Part über „Richtung Osten blicken" in seiner Antrittsrede wörtlich gemeint hatte.

Nein, dieses Jahr hatte es nicht gut mit ihm gemeint.

Natürlich hatte er darauf spekuliert, dass Theodora wegen seiner Arbeitslosigkeit und den Geldsorgen ihren Geiz überwinden würde – zumal sie die Schokoladenfabrik letztes Jahr verkauft hatte. Sie hatte ihm nie gesagt für welchen Preis, aber es mussten Millionen gewesen sein. Nur änderten sich Menschen nicht, wenigstens was die Charaktereigenschaften anging. Da halfen auch keine wöchentlichen Besuche und kein Gejammer. Theodora hatte nicht einmal reagiert, als Charlotte und er erwähnten, dass sie ihren Kinderwunsch jetzt erst einmal verschieben müssten.

„Ältere Eltern bekommen den intelligenteren Nachwuchs", hatte ihnen Theodora geantwortet, und dass ihre eigene Mutter schon fast vierzig gewesen wäre, als sie sie geboren hatte.

Auf der Rückfahrt von diesem Besuch hatte Kai zum ersten Mal darüber nachgedacht, die Frau, die ihn adoptiert hatte und ihm sein Erbe vorenthielt, umzubringen. Er wusste bloß nicht, wie, und er hatte Angst, für solch eine Tat zur Rechenschaft gezogen zu werden. Während Charlotte die nächsten Wochen jeden Cent doppelt umdrehte, bevor sie ihn ausgab, beschäftigte er sich immer häufiger mit Theodoras vorzeitigem Ableben. Zeit dafür hatte er genug – auch wenn er alibimäßig Bewerbungen schrieb und pünktlich seine Termine bei der Arbeitsagentur wahrnahm. Kai hatte einfach keine Lust mehr auf einen neuen Job. Warum auch, wenn er doch demnächst über mehr Geld verfügen würde, als er ausgeben konnte. Außerdem war es Ende November. Welche Firma würde so spät im Jahr noch einen neuen Mitarbeiter einstellen? Nein, da konnte er seine Zeit besser nutzen. Dass ihm schließlich der Zufall dabei half, den richtigen Plan für Theodoras Ermordung zu finden, war ihm im Grunde egal. Nachdem sie ihre eigene Tageszeitung aus Kostengründen abbestellt hatten, bekamen sie diese jetzt immer von ihren Nachbarn, wenn sie sie ausgelesen hatten. Am letzten Wochenende hatte im Wirtschaftsteil etwas über den neuen Besitzer der Schokoladenfabrik gestanden und wie turbulent dieses Jahr für die Firma verlaufen war. Wie Kai überrascht feststellte, wurde nicht nur über den Eigentümerwechsel berichtet. Ein Erpresser hatte damit gedroht, das zurückliegende Ostergeschäft zu sabotieren. Er hatte angekündigt, Schokoladenosterhasen mit Gift zu versetzen und diese dann in den Supermarktregalen zu deponieren. Logischerweise hatte die Polizei diese Drohung ernst genommen, vor allem nachdem tatsächlich zwei angebohrte und mit Rattengift versetzte Figuren an die Chefetage des Schokoladenherstellers geschickt worden waren. Zum Glück war niemand zu Schaden gekommen. Heimlich, still und leise waren bundesweit sämtliche Osterhasen mit den betreffenden Chargennummern aus den Regalen genommen worden. Wie die Zeitung weiter berichtete, hatte die Firma seinerzeit zwar ihre Bereitschaft signalisiert, das geforderte Geld zu zahlen, während die Polizei fieberhaft ermittelte. Bei der vereinbarten Geldübergabe war der Erpresser dann gestellt worden. Als er die Polizisten attackierte, hatten ihn diese erschossen.

Es hatte eine Weile gedauert, bis Kai die Chance hinter diesem Zeitungsartikel erkannt hatte, aber irgendwann hatte es klick gemacht.

Was für eine Gelegenheit!

Kai war aufgestanden und zum Vorratsschrank gegangen. Zum Glück war Charlotte nicht nur sparsam, sondern auch ordentlich. Die drei Schokoladenosterhasen standen genau dort, wo auch die anderen Süßigkeiten aufbewahrt wurden. Tante Theodora würde sicher noch Dutzende dieser Langohren in der

Speisekammer der Villa stehen haben. Als sie noch die Besitzerin der Firma gewesen war, hatte sie sich jeden Monat einen großen Karton mit Schokoladenspezialitäten nach Hause bringen lassen. In einem Nebensatz hatte sie erst vor Kurzem erwähnt, dass das auch heute noch so wäre. „So steht es im Kaufvertrag", hatte sie schmunzelnd ergänzt.

Wie praktisch. Er musste bloß zwei dieser Hohlfiguren wie der Erpresser auch mit Gift präparieren und sie dann bei ihrem nächsten Besuch zu Tante Theodoras eigenem Vorrat stellen. Die alte Dame würde irgendwann die Schokolade essen und endlich sterben. Als Alleinerbe würde er natürlich augenblicklich ins Visier der Ermittler rücken. Aber das war auszuhalten. Dieser Giftanschlag war eindeutig das Werk des Erpressers, besser gesagt eine Spätfolge. Der Täter hatte seinerzeit halt mehr als zwei Figuren mit dem tödlichen Gift versehen und tragischerweise waren die zurückgeholten Chargen nicht allesamt vernichtet worden.

Bis dahin war sein Plan perfekt. Selbst das Rattengift hatte er heimlich, still und leise auftreiben können, ohne dass jemand einen Zusammenhang zu ihm würde herstellen können. Ein nächtlicher Besuch mit einem leeren Joghurtbecher im unverschlossenen Gartenhäuschen seiner Nachbarn – und die Sache war erledigt. Das anschließende Problem hatte darin bestanden, diese tödlichen roten Körner so in der Schokolade zu verstecken, dass seine Adoptivmutter diese unbemerkt mitessen würde. Theodora war eine richtige Naschkatze, aber solche Brösel konnte niemand übersehen. Es sei denn, jemand hätte den ganzen Osterhasen auf einmal verschlungen – nur dafür hätte ein Mund doppelt so breit sein müssen. Er fragte sich, wie das der

Erpresser seinerzeit wohl gemacht hatte. Wahrscheinlich hatte er einfach ein Loch in die Hohlfigur gebohrt und die Körner hineingeschüttet. Darüber hatte natürlich nichts in der Zeitung gestanden. Kai würde experimentieren müssen, so wie das der Erpresser damals sicher auch gemacht hatte. Vorsichtig hatte er erst das Stanniolpapier des Osterhasen abgelöst, dann die dünne Klinge eines Teppichmessers über einer Kerzenflamme erhitzt und war damit an der Naht der Schokoladenfigur entlanggefahren. Anschließend hatte er etwas warmes Wasser in eine Schale mit den Rattengiftkörnern geträufelt. Durch endloses Drücken und Rühren war endlich ein roter Brei entstanden. Diesen hatte er mit einem Kuchenpinsel dick auf der Innenfläche der Schokolade verteilt. Der Rest war ein Kinderspiel gewesen. Er hatte erneut die Kerzenflamme und das Teppichmesser eingesetzt und die so angewärmten Nahtstellen wieder perfekt miteinander verbunden. Anschließend musste er den Osterhasen nur noch wieder in das unbeschädigte Stanniolpapier packen. Natürlich hatte er von Anfang an Einmalhandschuhe getragen – wie das auch die Ärzte tun, so als wollten sie Fingerabdrücke an den Körpern ihrer Patienten vermeiden.

Kai war ein klein wenig stolz auf sich, als er jetzt in die beiden grinsenden Hasengesichter schaute.

In knapp drei Wochen war Weihnachten. Am zweiten Feiertag würden Charlotte und er Tante Theodora besuchen. Dabei würde er den richtigen Moment abpassen, sich kurz wegschleichen, den Raum mit den Vorräten aufsuchen und die beiden Hasen neben ihre sicher noch reichlich vorhandenen Kameraden stellen. Wann Tante Theodora letztendlich einen der Vergifteten erwischen würde, konnte er natürlich nicht wissen. Wichtig war nur, dass sie es irgendwann tun würde. Die Gefahr, dass sie die Hasen verschenkte und so jemand anderes irrtümlicherweise das Zeitliche segnete, war eher gering. Einmal geizig, immer geizig.

Irgendwann würde also sein Telefon klingeln und Tante Theodoras Putzfrau, der Arzt, die Polizei oder wer auch immer würde ihn über den Tod der alten Dame informieren.

Ein zufriedenes Grinsen machte sich in Kais Gesicht breit. Jetzt würden Charlotte und er erst einmal die Vorweihnachtszeit genießen.

Heute war Nikolaustag – der Familienfeiertag derer von Klaas.

In den letzten Jahren hatte Kai seiner Charlotte zu diesem Anlass immer eine kleine Aufmerksamkeit geschenkt: mal ein Paar Ohrringe oder ein Seidentuch, so wie sie ihm ein Hemd oder eine Krawatte.

„Dieses Jahr werden wir keinen Cent für Geschenke ausgeben können", hatte ihm seine Frau letzte Woche noch einmal ins Gewissen geredet und er hatte sich daran gehalten. Dann würden sie halt nur Kaffee trinken und ein Stück Stollen essen.

Als ihn Charlottes emotionslose Stimme jetzt ins Esszimmer rief, war er mit seinen Gedanken ganz woanders. Der Duft von Tannenzweigen holte ihn zurück aus der Südsee. Charlotte hatte sich Mühe gegeben, den Tisch etwas festlich herzurichten. Zwei braune Schokoladennikoläuse standen aufwendig in Klarsichtfolie verpackt vor dem flackernden Licht einer Kerze.

„Keine Geschenke, kein Dresdner Stollen und leider auch kein Marzipan-Cappuccino", sagte die Frau auf den Tisch deutend. „Aber ich denke, dass es auch so geht."

Kai nickte. Dann würde es dieses Jahr eben nur Brot, Marmelade und Kaffee geben. Nächstes Mal würden sie dafür das Fest auf einem Kreuzfahrtschiff feiern. Vielleicht würden sie sogar einmal um die Welt reisen.

Zum Glück hatten sie selbst auch immer einen kleinen Vorrat an Klaas'schen Leckereien im Haus.

Neben den beiden wie edle Orchideen in durchsichtige Folie eingepackten Nikoläusen standen noch zwei weitere Figuren vor ihren Tellern.

Ihr Stanniolpapier-Grinsen erinnerte Kai daran, wie er selbst grinsen würde, wenn er in wenigen Wochen diesen Anruf mit der Todesnachricht bekam.

„Du magst doch Pflaumenmus?", fragte Charlotte jetzt, während sie ihnen beiden Kaffee einschüttete. Er nickte, obwohl er nur mit einem Ohr zugehört hatte.

„Ich habe uns ein Weißbrot gekauft. Das Mandelbrot hätte drei Euro mehr gekostet. Das leisten wir uns halt wann anders."

Gleiches galt für das echte Lübecker Marzipan, die Mozartkugeln und den Dresdner Stollen nach Originalrezept, führte Kai in Gedanken Charlottes Satz fort.

„Mach doch nicht so ein missmutiges Gesicht, Liebling", meldete sich Charlotte zu Wort. „Mit ein bisschen Phantasie lässt sich selbst aus einem einfachen Pflaumenmusbrot noch etwas Besonderes zaubern." Dabei griff sie nach einer der beiden Nikolausfiguren. „Stell dir vor, auf die Idee hat mich sogar Tante Theodora gebracht. Schon ihre Großeltern hätten das so gemacht und Schokoladenstückchen auf Marmeladenbrot gestreut." Kai sah, wie seine Frau eine der beiden Nikolausfiguren unausgepackt neben den Teller legte und sie in ihrer Hülle sanft zerklopfte. „Weißbrot, Butter, Pflaumenmus und obendrauf leckere, große Schokoladenstückchen. Du kannst sagen, was du willst. Das schmeckt mir um etliches besser als dein überteuerter Christstollen."

Kai musste zugeben, dass Charlottes Begeisterung etwas Ansteckendes hatte. Das Brot sah wirklich lecker aus. Also machte er es genauso wie seine Frau. Das Grinsen seines Schokoladennikolauses wirkte irgendwie schief und linkisch, so als wüsste die hohle Figur, dass nun ihr letztes Stündlein geschlagen hatte. Kurz nachdem er seine Figur mit der flachen Hand zerdrückt hatte, wickelte er die Stanniolfolie ab und legte sich extra große Brocken auf sein Brot. Nach Theodoras Tod wäre es sicher vorbei mit den Gratislieferungen der Schokoladenfabrik.

„Ich mache mir gleich noch eine Scheibe", meinte seine Frau und schaute Kai dabei zu, mit welchem Genuss er sein Brot aß.

„Meine Großmutter und Tante Theodora hätten sich bestens miteinander verstanden. Sparsamkeit ist halt eine Frage der Erziehung, hat Theodora gestern am Telefon gesagt. Hast du eigentlich gewusst, dass in der Schokoladenfabrik früher die unverkauften Osterhasen einfach zu Nikoläusen gemacht wurden? Stell dir vor, die wurden wieder ausgewickelt und bekamen einfach eine Folie aus neuem Stanniol. Ich habe das gleich ausprobiert, damit alles richtig aussieht. Die nackten Nikoläuse in ihrer Zellophanfolie wirken doch richtig edel. Die können bis Weihnachten auf dem Tisch stehen bleiben. Der Schokolade ist es doch egal, wie sie verpackt ist, oder schmecken diese Osterhasen etwa anders?"

Einen Unterschied merkte er nicht, aber dafür verkrampfte sich jetzt sein Magen – oder war es sein Herz? Mit zitternden Fingern griff er nach der halb aufgegessenen Schokoladenfigur und drehte diese um. Die Nikolausverpackung mit dem roten

Mantel, die halb zerknüllt neben seinem Teller lag, hatte jetzt sogar etwas Böses im Blick. Dafür grinste der Osterhasenkopf aus Schokolade, der jetzt ausgewickelt vor ihm lag, umso breiter.

„Das war clever von Theodoras Großeltern. Jeder freut sich auf die Schokolade und kaum jemand schaut sich die Figuren richtig an, bevor er sie zerbricht und isst." Kai sah noch, wie sich Charlotte nach dem letzten Wort mit der Hand an die Kehle griff, dann begannen wohl auch bei ihr die krampfartigen Schmerzen.

Die Wiege allen Reichtums ist eine sparsame Hausfrau.
[noch ein japanisches Sprichwort]

FRAGEN & ANTWORTEN

Frage:

Was bedeuten die Buchstaben C/M/B, die jedes Jahr von den Sternsingern mit Kreide an die Haustürrahmen geschrieben werden?

☐ Club Molto Bene
☐ Caspar, Melchior, Balthasar
☐ Christus mansionem benedicat

Antwort:

Christus mansionem benedicat.
Die Buchstaben C / M / B beziehen sich nicht auf die Könige Caspar, Melchior und Balthasar, sondern auf diesen lateinischen Satz. Übersetzt bedeutet das: Christus segne dieses Haus.

* * *

Frage:

Von welchem deutschen Dichter stammen die Zeilen:
Von drauß' vom Walde komm ich her; Ich muß euch sagen, es weihnachtet sehr! Allüberall auf den Tannenspitzen
Sah ich goldene Lichtlein sitzen;

☐ Wilhelm Busch
☐ Loriot
☐ Theodor Storm

Antwort:

Von Theodor Storm.
Aus dem Gedicht Knecht Ruprecht.

Frage:
Welches typische Mürbeteiggebäck heißt im Englischen so treffend Windmill-Cookies?

☐ Butterkekse mit 52 Zähnen
☐ Doppelkekse mit luftiger Füllung
☐ Spekulatius

Antwort:
Spekulatius oder Speculaas, wie unsere holländischen Nachbarn das leckere Gebäck nennen. Die Abbildungen auf dem Gebäck stellen meist die Nikolausgeschichte dar – aber eben oft auch Windmühlen.

***

Frage:
Welches Weihnachtsgebäck soll der Überlieferung nach an das gewickelte Christkind erinnern?

☐ Christstollen
☐ Panettone
☐ Hutzel- oder Früchtebrot

Antwort:
Der Christstollen.
In der ersten urkundlichen Erwähnung 1329 war er ein Fastengebäck. Erst ein Hofbäcker aus Dresden ergänzte den mageren Hefeteig mit Früchten und anderen Leckereien.

Frage:
Wo wohnt der Überlieferung nach der Schweizer Nikolaus?

☐ In den Alpen
☐ Im Schwarzwald
☐ Auf dem Rütli

Antwort:
Nein, er lebt weder auf dem Matterhorn, dem Säntis oder dem Dom. Im Schwarzwald wohnt der Nikolaus. Von dort aus geht er am 6. Dezember mit seinem Esel auf Wanderschaft.

***

Frage:
Wie heißt der Gehilfe des Heiligen Nikolaus, der zusammen mit ihm am Vorabend des 6. Dezember die Kinder zu Hause besucht? Steckbrief: Kuttenträger und Kettenrassler.

☐ Der schwarze Abt
☐ Meister Kohlesack
☐ Knecht Ruprecht

Antwort:
Je nach Region heißt er Knecht Ruprecht oder Krampus. Der Unterschied ist mitunter schmerzhaft. Während Knecht Ruprecht bloß Ruten verteilt, haut der Krampus unter Umständen selbst mal zu.

Knecht Ruprecht

Willkommen in Fredericksburg, auch Fritztown genannt. Hier erlebt man texanische Gastfreundschaft und eingewanderte deutsche Kultur.

Böser Knecht Ruprecht, endlich finde ich Gelegenheit, dir diesen Brief zu schreiben. Seit Jahrzehnten habe ich das vor, aber immer ist etwas dazwischengekommen. Heute habe ich Zeit dafür – nehme ich mir die Zeit.

Erinnerst du dich an mich? Sicher nicht. Bei den Massen an Kindern, die du jedes Jahr mit Rute und Jutesack besuchst, vergisst man ein ängstliches Gesicht schon an der nächsten Haustür. Ich habe dich nie vergessen, sehe dich vor mir, als wäre es gestern gewesen. Deine gedrungene Gestalt mit den kurzen Beinen und den kräftigen Armen, mit Händen daran groß wie Bratpfannen. Und an dein Gesicht erinnere ich mich, ein Gesicht, das gleichzeitig blass und schmutzig wirkt, mit einem löchrigen Bart, der die tiefen Narben und Furchen darunter nicht verbergen kann. Und dann diese fettigen schwarzen Haare, die wie Rattennester auf deinen Schultern liegen. Egal wie lang und voll sie sind, die kleinen Hörner oberhalb der Stirn können sie nicht verbergen. Schließe ich meine Augen, sehe ich dich oft vor mir stehen – schlafe ich, dann kann ich dich sogar riechen. Dieser Schweißgestank begleitet mich bis tief in die Nacht, der Geruch des Jutesacks bis zum Morgen. An deinen Begleiter, diesen gutmütigen Dicken in seinem roten Trallalakostüm, habe ich kaum eine Erinnerung. Wenn, dann nur an rote Wangen und eine Säufernase.

Du warst damals der Hauptdarsteller in unserem Treppenhaus, du und die Rute und dein Jutesack. Jedes Jahr hast du an unserer Haustür geklingelt. Nein, ich korrigiere: Der rote Gutmensch hat geklingelt, du hast mit deinen Fäusten gegen die Tür geschlagen. Mit jedem Schlag hast du meine Magengrube getroffen. Die von meinem Bruder übrigens auch, aber irgendwie konnte der besser damit umgehen. Wahrscheinlich lag das daran, dass er zwei Jahre älter war als ich und der Liebling unseres Vaters. Außerdem kann ich mich nicht daran erinnern, dass du meinen Bruder jemals in deinen Jutesack gesteckt hast. Das Vergnügen war nur mir vergönnt. Wie lange ist das jetzt her? Zwanzig, dreißig, vierzig Jahre – unwichtig. Was ist Zeit für zwei, wie wir es sind. Du bist ewig und ich werde es demnächst auch sein. Also ignorieren wir das. Anderes ist wichtiger.

Dieser eine Nachmittag beispielsweise ist es - war es, muss es wohl heißen.

Ich war gerade eingeschult worden, hatte meine Ellenbogen entdeckt und meinem Fräulein Dietrich unter den Rock geguckt. Nicht, dass ich sonderlich viel gesehen hätte: einen Schlüpfer und eine Strumpfhose – Stoff unter Stoff. Aber ich hatte wohl eine Grenze überschritten, etwas Verbotenes getan. Etwas so Gravierendes, dass mein Vater am nächsten Tag bei der Schulrektorin antanzen musste. Er hat mir noch am gleichen Abend mit seinem Gürtel den Hintern grün und blau geschlagen. Zwei Tage später konnte ich wieder sitzen. Aber es war Dezember, dein Auftritt stand bevor und mein Vater brauchte einen Komplizen. Der Trallalatyp kam dafür nicht infrage. Das war dein Job. Denk bloß nicht, dass ich mich auf dem Klo hätte einsperren können. Habe ich alles probiert. Keine Tür in unserer Wohnung hatte an diesem Tag einen Schlüssel. Und dann hörte ich deine

Fäuste. Ich habe mir in die Hose gemacht, aber mein Vater hat mich ins Treppenhaus geschleift, gezerrt, nenne es, wie du willst. Und dann hast du mich angestarrt mit diesen toten Augen. Hast nach mir gegriffen, mich kopfüber in diesen Jutesack gesteckt. In diesem Moment bin ich gestorben – wenigstens alles Gute in mir. Ich habe mich gewehrt, aber deine schwieligen Hände haben einfach Tatsachen geschaffen. Als du dann den Sack über mir zugezogen hast, habe ich aufgehört zu atmen und mich übergeben. Alles musste auf einen Schlag raus aus mir. Das hat dich wohl noch wütender gemacht, denn du hast den Sack wie eine Schweinehälfte über die Schulter geworfen und bist fluchend mit mir losmarschiert. Wie lange, weiß ich nicht, wohin erst recht nicht. Als ich aufwachte, war es kalt, nass und dunkel um mich herum. Ich blieb liegen, wo du mich abgelegt hast. Später, viel später hielt dann ein Auto, eine Tür ging auf und ich hörte die Stimme meines Vaters über mir. Ich schlug und trat um mich, als er mich in den Wagen verfrachten wollte. Er verprügelte mich noch in der Garage mit seinem Gürtel. Es war das letzte Mal, dass ich damit verprügelt wurde. Mein Vater starb kurz darauf. Er fiel aus dem Fenster im Dachgeschoss, als er innen auf der Leiter stand, um es zu putzen. Meine Mutter heiratete zwei Jahre später einen anderen Mann. Mein Stiefvater war reich, hatte eigene Kinder und interessierte sich nicht für mich und meinen Bruder. Ich machte mein Abitur, studierte Jura, verteidigte die Bösen, die unanständig viel Geld hatten, und wurde selbst wohlhabend. Vor zwei Jahren machte ich Urlaub in Florida. Die Frau vom Escortservice war mir auf Anhieb sympathisch. Ich dachte, dass sie mich auch mögen würde, aber da habe ich mich wohl getäuscht. Vielleicht mochte sie auch bloß den Gürtel nicht oder den Jutestrick oder meine Bratpfannenhände an ihrem Hals.

Böser, böser Ruprecht – oder soll ich dich lieber Krampus, Pelznickel oder Beelzebub nennen? Wer könnte mich besser verstehen als du. Jedenfalls sitze ich jetzt hier und habe endlich Zeit, dir diesen Brief zu schreiben. Schlafen werde ich heute Nacht sowieso nicht können. Die Hinrichtung ist für morgen früh um sechs Uhr angesetzt. Dann wartet die Giftspritze auf mich.

Deshalb schreibe ich noch ein paar Briefe – letzte Briefe an diejenigen, die mich zu dem gemacht haben, was ich ein Leben lang war:

Ein Junge in einem dunklen Sack, voller Todesangst und einer unbändigen Wut auf alles und jeden da draußen.

Frage:
Welcher amerikanische Konzern hat mit einer Marketingkampagne 1931 entscheidend zur weltweiten Popularität des Weihnachtsmannes beigetragen?

- ☐ McDonald's
- ☐ Coca-Cola
- ☐ Ford

Antwort:
Coca-Cola.
Seit 1931 verwendet der US-Konzern die Darstellung eines dicklichen Weihnachtsmanns mit rot-weißem Mantel als Teil einer Werbekampagne zur Weihnachtszeit.

Frage:
Welche typische Weihnachtstradition war noch bis tief ins 17. Jahrhundert in Brandenburg und anderen Regionen verpönt und oft sogar verboten?

☐ Der Weihnachtsbaum
☐ Das Karpfenessen
☐ Die Weihnachtskrippe

Antwort:
Der Weihnachtsbaum.
Noch 1693 ließ Kurfürst Friedrich III von Brandenburg von der Kanzel verkünden, dass es verboten sei, Bäume zu schmücken, um die Jugend daran zu hindern, darunter Unfug zu treiben.

***

Frage:
Welcher Christbaumschmuck soll am Weihnachtsbaum Eiszapfen symbolisieren?

☐ Sterne aus Silberpapier
☐ Gläserne Tropfen und Zapfen
☐ Lametta

Antwort:
Natürlich Lametta.
Der funkelnde, kalte Glanz hatte früher ein zinnbeschichtetes Herz aus Stanniol.

Frage:
In welchem Agatha Christie-Roman verdirbt ein Mord das Weihnachtsfest?

☐ Hercule Poirots Weihnachten
☐ Tödliche Feiertage
☐ Heiligabend mit Miss Marple

Antwort:
Hercule Poirots Weihnachten.
Der Roman erschien 1938 in London unter dem Titel *Hercule Poirot's Christmas* und ein Jahr später in New York unter dem Titel *Murder for Christmas*.

***

Frage:
Wie heißt der kaltherzige Geizhals in *A Christmas Carol* von Charles Dickens, der stellvertretend für seinesgleichen steht – aber auch für die Hoffnung, dass sich jeder ändern kann?

☐ Ebenezer Scrooge
☐ Uriah Heep
☐ Dagobert Miserly

Antwort:
Der grantige Geizhals heißt Ebenezer Scrooge. In Dickens Geschichte lernt er mit Hilfe von vier Geistern, wieder großzügig zu sein und seinen Mitmenschen zu helfen.

Frage:
An welches Vorbild sollen Christbaumkugeln erinnern?

☐ An die Sonne
☐ An die Erdkugel
☐ An Äpfel

Antwort:
An Äpfel.
Der Weihnachtsbaum soll an den geschmückten Paradiesbaum und die Vertreibung aus dem Garten Eden erinnern. Die Kugeln übernehmen dabei die Rolle der verhängnisvollen Äpfel.

***

Frage:
In einigen Ländern Osteuropas wird Weihnachten traditionell nicht im Dezember gefeiert.
An welchem Tag feiert man dort die Geburt Christi?

☐ 01. Januar
☐ 06. Januar
☐ 07. Januar

Antwort:
Am 07. Januar.
Nach dem julianischen Kalender entspricht dieser Tag dem 25. Dezember unseres Kalenders.
In Russland beispielsweise feiert man deshalb Weihnachten Anfang Januar.

Weihnachtsmann oder Christkind – das ist hier die Frage ...

Er hatte den Prinz Hamlet spielen wollen, den tragischen, jugendlichen Helden, der über das Leben philosophierend auf den Abgrund zusteuert. Das mit der Hauptrolle am Theater hatte nicht funktioniert, das mit dem Abgrund schon eher. Seine Karriere als Schauspieler steckte in der Sackgasse. Hier ein Auftritt als Komparse, da die zweite Besetzung einer Nebenrolle.

Was war ihm anderes übrig geblieben, als jeden Job anzunehmen, der ihm dabei half, das Geld für die Miete aufzutreiben. Aus purer Verzweiflung hatte er sich vor zwei Monaten auf diese Annonce beworben. Das größte Kaufhaus der Stadt suchte für die Adventwochen einen Weihnachtsmann. Er hatte damals nicht wirklich damit gerechnet, diesen Job zu bekommen. Er war zu jung, zu dünn, zu lang und seine Stimme irgendwie nicht tief und dunkel genug. Er wusste bis heute nicht, warum sie gerade ihn engagiert hatten. Vielleicht weil er den Personalchef an einen nichtsnutzigen Verwandten erinnerte, der sich auch als Künstler durchs Leben schlug, oder weil das Gespräch einfach gut gelaufen war. Der Zufall war ein begnadeter Stückeschreiber.

Überraschenderweise hatte Anton Eisenbart (sein Künstlername) der Job als Weihnachtsmann auf Anhieb Spaß gemacht. Er hatte Kinder schon immer gemocht und in den allermeisten Fällen waren selbst die Erwachsenen bisher zu ertragen gewesen. Gerade als die Routine Anton zu langweilen begann, hatte der Marketingleiter des Kaufhauses ihn gefragt, ob er sich nicht schon zu Hause kostümieren und schminken wolle. Für das Kaufhaus wäre das bei der Anreise und auf dem Nachhauseweg zusätzliche Werbung, hatte er gemeint. Sicher hatte der Mann erfahren, dass Anton täglich zweimal über eine Dreiviertelstunde mit dem Bus unterwegs war. Immerhin waren sie so fair, ihm die zusätzlichen Stunden pro Tag zu bezahlen. Für die neue Kampagne waren sein großer Jutesack und sein Kostüm aufwendig mit dem Namen des Kaufhauses versehen worden. Irgendwann war Anton dann auf die grandiose Idee gekommen, dass der braune Sack viel mehr konnte, als nur leere Geschenkeschachteln in sich aufzunehmen. Also hatte er seine Rolle in dem Stück kurzerhand etwas umgeschrieben. In diesem Kaufhaus gab es alles, was das Herz begehrte: Sachen, die er selber brauchen konnte, und jede Menge Dinge, für die man rasch einen Abnehmer fand.

Trendige Uhren, ausgefallene Lederaccessoires, teure Parfüms, edlen Schmuck und sonstigen hübsch verpackten Luxus.

Er musste bloß aufpassen, dass sie ihm nicht auf die Schliche kamen. Also hatte er sich rasch mit den Sicherungssystemen im Kaufhaus vertraut gemacht. Mit den Standorten der Deckenkameras genauso wie mit den verschiedenen Arten von Diebstahlsicherungen an der Ware. Zu guter Letzt hatte er sich die Gesichter sämtlicher Ladendetektive einzuprägen versucht und herausgefunden, wann die beste Zeit dafür war, die leeren Geschenkverpackungen in seinem Sack mit allerlei feinen Sachen zu füllen.

Das Kaufhaus hatte vier Etagen. Auf jeder davon hatte die Marketingabteilung extra eine aufwendige Kulisse für den Weihnachtsmann gebaut.

Vier Etagen, vier Jahreszeiten – von der typischen Winterlandschaft mit Rentierschlitten und Tannenbaum bis hin zur Strandkulisse mit Palmen, einer Schubkarre Sand und Cocktailgläsern. Zweimal pro Tag hatten die kleinen und großen Kunden für eine volle Stunde die Gelegenheit, den Weihnachtsmann und das Christkind zu treffen. Das mit dem Christkind war natürlich auch eine Idee des Marketingleiters gewesen. In dessen Vorstellung war dieses himmlische Wesen kein androgyner Engel. Saskia, eine naturblonde Schönheit, war eine junge Fotografin, die man genauso wie Anton engagiert hatte. Ihre Aufgabe war es, im Engelskostüm mit ihrer Kamera von jedem Besucher des Weihnachtsmanns ein Erinnerungsfoto zu schießen. Wenn der Kunde es wünschte, natürlich auch ein Bild zusammen mit dem geflügelten Christkind. Wozu gab es schließlich Stative und Selbstauslöser.

So gleich wie die goldenen Geschenkeschachteln, die zu Pyramiden aufgestapelt links und rechts neben dem jeweiligen Kulissenthron standen, so unterschiedlich waren die Artikel auf den Etagen: Im Erdgeschoß warteten die edlen Düfte, im ersten Stock die teuren Lederartikel, auf der zweiten Etage die exklusiven Modemarken und unter dem Dach des Kaufhauses die Unterhaltungselektronik. Es war so einfach, sich die richtigen Dinge auszusuchen, deren Mitnahme sich für Anton am meisten lohnte. Bei seinen Vormittagsauftritten legte er immer fest, was er an diesem Tag aus der jeweiligen Abteilung mitgehen lassen wollte. Die Sachen waren gut in seinem Kostüm zu verstecken, so dünn, wie er unter den Schaumstoffpolstern war. Zum Schutz der Waren setzte das Kaufhaus verschiedene Arten von Diebstahlsicherungen ein. Von Farbkapseln, die, wenn man sie zu entfernen versuchte, die Ware unbrauchbar machten, bis hin zu Hightech-Etiketten, die, wurden sie nicht an der Kasse entschärft, beim Verlassen des Kaufhauses Alarm schlugen. Anton Eisenbart konnte sie alle knacken oder überlisten. Ein wenig Internetrecherche im dunklen Netz und das richtige Werkzeug machten das möglich. Auf der Personaltoilette entfernte er dann vorsichtig die Diebstahlsicherungen, bevor er die geklauten Sachen in einer der Pyramiden-Schachteln neben seinem jeweiligen Thron deponierte. Diese Geschenkboxen mit denen in seinem Jutesack zu vertauschen, machte er erst bei seinem zweiten Auftritt auf der entsprechenden Etage. Das Ganze hatte auf Anhieb so reibungslos funktioniert, dass er selbst am meisten davon überrascht war. Viele der Kinder, die sich auf sein Bein setzten und ihm ihre Wünsche ins Ohr flüsterten, nahmen eine der Deko-Schachteln in die Hand. Das machte sich auf den Fotografien richtig gut. Wenigstens sagten das die Eltern. Ihm sollte es nur recht sein. So war es ein Leichtes, diese beim Hantieren mit den leeren goldenen Schachteln auszutauschen. Alles eine Frage der Fingerfertigkeit und des schauspielerischen Talents. Manchmal half ihm auch das Christkind dabei, den richtigen Moment abzupassen. Das war immer dann der Fall, wenn einer der Väter seinen Sohn oder seine Tochter überredete, auch noch ein Foto mit dem hübschen Himmelsboten zu machen. Alle Blicke waren dann für einen Moment auf das Lächeln des blonden Engels gerichtet. Wenigstens was die Augen der Kinder betraf, die der Erwachsenen blieben anderswo hängen.

Eigentlich hätte Anton Eisenbart über diese Ablenkungen dankbar sein müssen. Anfänglich war er das auch, aber als immer mehr Kinder und Erwachsene lieber ein Bild mit dem Christkind haben wollten, wurde der Weihnachtsmann eifersüchtig. Zum endgültigen Bruch mit der himmlischen Saskia war es gekommen, als die junge Frau Antons Einladung zu einem Eierpunsch nach Feierabend ziemlich arrogant abgelehnt hatte. Von da an mochte der Weihnachtsmann das Christkind nicht mehr und dieses Gefühl wurde mit jedem Tag stärker.

Unerträglich war es spätestens seit dem Tag, als Saskia ihren eigenen Himmelsthron neben das Kamerastativ gestellt bekam. Als in Anton dann auch noch das Gefühl aufkam, dass das blonde Gift mit den Kameraaugen ihn misstrauisch zu beobachten begann, hatte er eine Entscheidung getroffen. Die Konkurrenz musste weg, bevor jemand von der Chefetage den Weihnachtsmann in den Ruhestand schickte. Anton Eisenbart hatte nicht lange überlegen müssen. Wenn es doch so einfach war, teure Sachen aus dem Kaufhaus herauszuschmuggeln, dann wusste er, was er zu tun hatte.

Heute war der 6. Dezember – der Tag, an dem das Christkind aus dem Leben des Weihnachtsmanns verschwinden würde. Anton hatte morgens gut gelaunt das Kaufhaus durch den Personaleingang betreten. Schon auf dem Weg in die Stadt hatte er sich überlegt, um welche Geschenke er sich heute kümmern würde. Er hatte sich für ein sündhaft teures Parfüm und eine trendige Armbanduhr entschieden. Kurz nach 16 Uhr war bereits alles erledigt. Zum Glück konnte niemand Antons selbstzufriedenes Grinsen sehen. Sein angeklebter, dichter grauer Bart wirkte wie eine Maske. Bei der Mittagspause in der Kantine hatte sich das Christkind überraschenderweise zu ihm an den Tisch gesetzt. Auch wenn er es partout nicht wollte, musste er sich noch einmal eingestehen, wie attraktiv die Frau doch war. Sie hatte sogar ein Gespräch mit ihm angefangen und ihn mehrmals angelächelt. Mit uns hätte es so schön werden können, dachte er. Dann war er etwas überhastet aufgestanden. Das Letzte, was er jetzt brauchen konnte, waren die melancholischen Gedanken eines abgewiesenen Mannes – oder schlimmer noch, ein schlechtes Gewissen. Spätestens eine halbe Stunde später wäre es mit den Gewissensbissen ohnehin vorbei gewesen. Der Vater eines kleinen Jungen hatte seinen Sohn quasi vom Bein des Weihnachtsmanns weggerissen, nur um das Kind möglichst rasch auf dem Schoß des gegenübersitzenden blonden Gifts zu platzieren. Das Christkind bekam also bloß das, was er verdiente. Als kurz vor 20 Uhr die Lautsprecheransage die letzten Kunden aufforderte, das Kaufhaus zu verlassen, hatten auch der Schauspieler und die blonde Fotografin Feierabend.

Während die Frau stets eine große Fototasche bei sich hatte, musste sich Anton immer um den voluminösen Jutesack kümmern. Dieses Mal ließ er sich etwas mehr Zeit dafür.

Saskias „Also, dann bis morgen!" erwiderte er bloß mit einem „Ho, ho, ho." und einem Kopfnicken. Er beobachtete, wie die Frau mit den Engelsflügeln die Rolltreppe herunterfuhr und machte sich erst dann auf den Weg Richtung Ausgang. Abends benutzten viele der Angestellten den Haupteingang. Mitarbeiter des Kaufhauses standen dort neben den Diebstahlwarnanlagen und verabschiedeten Kunden wie Angestellte mit einem freundlichen Lächeln. Anton erinnerten diese Mitarbeiter immer an Hotelportiers und die wie Schleusengitter aussehenden Detektoren an überdimensionale Handtuchhalter.

Das Christkind hatte den Ausgang fast erreicht. Der Weihnachtsmann sah ihre goldblonden Haare und ihren wippenden Schritt. Dann hatte die Sirene zu schrillen begonnen. Das parallel dazu anspringende Detektoren-Blaulicht ließ die Gesichter der Menschen am Eingang augenblicklich blasser erscheinen. Anton Eisenbart schmunzelte wieder. Sein Grinsen wurde noch breiter, als zwei Ladendetektive sich dem Christkind näherten. Er war jetzt nah genug, um die Überraschung im Gesicht der hübschen Fotografin sehen zu können, hörte, wie die Detektive sie aufforderten beiseitezutreten und ihre Fototasche zu öffnen.

Mehr brauchte Anton gar nicht von der Aktion mitzubekommen. Er wusste schließlich, welche Parfümsorte und welches Uhrenmodell er vorhin in der Tasche der Frau deponiert hatte – natürlich ohne die Diebstahlsicherungen zu entfernen.

Er grinste immer noch, als die eben erst wieder zur Ruhe gekommene Sirene plötzlich erneut losheulte – gerade in dem Moment, als er den Detektor passieren wollte. Es dauerte einen Augenblick, bis Anton Eisenbart realisierte, was da los war. Da stand aber auch schon ein dritter Detektiv an seiner Seite. Das muss ein Fehlalarm sein, schoss es ihm noch durch den Kopf. Dann sah er das Lächeln im Gesicht des blonden Engels. Kein gütiges, tröstendes, überirdisches Lächeln, eher die hämische, wissende, böse Variante davon. Da wusste er es. Der Weihnachtsmann war nur noch gespannt, welches nette Geschenk ihm die blonde Frau in einem unbeobachteten Moment in seinen braunen Jutesack gesteckt hatte. Aber das würde der Hausdetektiv sicher rasch herausfinden.

FRAGEN & ANTWORTEN

Frage:
Welches ist das älteste überlieferte Weihnachtslied?

- ☐ Stille Nacht, heilige Nacht.
- ☐ Nun sei uns willkommen, Herre Christ.
- ☐ Es ist ein Ros entsprungen.

Antwort:
Nun sei uns willkommen, Herre Christ stammt aus dem 11. Jahrhundert und ist damit das älteste überlieferte Weihnachtslied. Die ursprünglichen Noten werden als Bestandteil des Evangelienbuchs Kaiser Ottos III im Aachener Dom aufbewahrt.

***

Frage:
Was ist Glögg?

- ☐ Ein kleines silbernes Glöckchen
- ☐ Glühwein
- ☐ Das dänische Wort für Glück

Antwort:
Glögg ist eine skandinavische Glühwein-Spezialität, die mit Mandeln und Beeren verfeinert wird. Glögg wird traditionell in kleinen Bechern serviert.

Frage:
Wofür steht das X in dem von den Amerikanern so lässig gesprochenen Wort X-Mas? Es steht für…

- ☐ … den Stern von Bethlehem
- ☐ … den ersten Buchstaben des griechischen Wortes für Christus
- ☐ … für die gemarterten Apostel (auch der Apostel Andreas starb nämlich an einem Schragenkreuz)

Antwort:
Das X von X-Mas steht für den ersten Buchstaben des griechischen Wortes für Christus (Χριστός).

***

Frage:
Wo liegt die Weihnachtsinsel (Kirimati)?

- ☐ Links neben den Osterinseln
- ☐ Im Zentralpazifik
- ☐ 120 Seemeilen nordöstlich von Grönland

Antwort:
Die Koralleninsel Kirimati liegt im Zentralpazifik und hat um die 6000 Einwohner. Orte dort heißen London, Paris, (nicht mehr besiedelt) Poland und Banana.

Frage:

Wo wurde die erste Christbaumkugel aus Glas gefertigt?

- ☐ Glashütte
- ☐ Zwiesel
- ☐ Lauscha

Antwort:

Der thüringische Ort Lauscha ist eine Glasbläserstadt und gilt als Geburtsort des bis heute beliebten Christbaumschmucks. Die Kugel aus Glas wurde im Jahr 1847 erfunden und seit 1880 vom Unternehmer Winfield Woolworth in Amerika vermarktet.

***

Frage:

In welcher Sprache heißt Weihnachten KRISTNASKO?

- ☐ Finnisch
- ☐ Rumänisch
- ☐ Esperanto

Antwort:

Esperanto. Die 1887 von Ludwig Zamenhof geschaffene Hilfssprache Esperanto wird bis heute weltweit von schätzungsweise 100.000 Menschen gesprochen.

Frage:
Welche Pflanze gehört zur Familie der Wolfsmilchgewächse, ist auf einem anderen Kontinent beheimatet und wird dort bis zu fünf Meter hoch?

☐ Die Christrose
☐ Die Azalee
☐ Der Weihnachtsstern

Antwort:
Der Weihnachtsstern (Euphorbia Pulcherrima).
Die aus Südamerika stammende Pflanze ist als Farbtupfer bei uns äußerst beliebt. Aber Vorsicht! Der milchige Saft der Pflanze ist giftig und vor allem für Haustiere gefährlich.

***

Frage:
Unter welchem Zweig soll man nach englischem Brauch den oder die Liebste/n küssen, damit es Glück bringt?

☐ Distel
☐ Mispel
☐ Mistel

Antwort:
Natürlich unter dem Mistelzweig.
Es gibt aber strenge Regeln zu beachten: Pflückt man eine Beere, ist ein Kuss gestattet. Zwei Beeren bedeuten zwei Küsse usw. Wenn keine Beeren mehr am Zweig hängen, ist Schluss mit der Küsserei!

Frage:
Was wurde 1839 in einem Dorf vor den Toren Hamburgs in einem alten Bauernhaus erstmals aufgebaut und ist seither aus der Adventszeit nicht mehr wegzudenken?

- ☐ Der Schwibbogen
- ☐ Die Krippe
- ☐ Der Adventskranz

Antwort:
Im ‚Rauhe Haus' (Ruges Hus) baute der Hamburger Theologe und Erzieher Johann Hinrich Wichern aus einem Holzkranz mit neunzehn kleinen und vier großen weißen Kerzen den ersten Adventskranz.

* * *

Frage:
Welche andere Weltreligion erzählt in ihren heiligen Texten auch die Weihnachtsgeschichte der Christen?

- ☐ Das Judentum
- ☐ Der Islam
- ☐ Keine von beiden

Antwort:
Der Islam.
Im Koran wird die Weihnachtsgeschichte in der Sure 19 erzählt. Allerdings ist Jesus in diesem Fall nicht der Sohn Gottes, sondern ein Prophet Allahs.

Frage:
Wo gibt es das weltweit nördlichste Weihnachtspostamt?

- ☐ Grönland
- ☐ Schweden
- ☐ Finnland

Antwort:
Es befindet sich in Grönland.
Die Anschrift lautet:
Santa Claus | Nordpolen | Julemandens Postkontor | DK-3900 Nuuk

* * *

Frage:
Wann wurde die erste elektrische Christbaumbeleuchtung / Lichterkette auf den Markt gebracht?

- ☐ 1901
- ☐ 1924
- ☐ 1952

Antwort:
Am 15. Dezember 1901 brachte die Edison Electric Light Company in den USA die erste elektrische Lichterkette für Christbäume auf den Markt. Im Anzeigentext hieß es: Das Produkt ist ungefährlich, geruchlos, aber nur für Häuser mit elektrischem Strom geeignet.

Frage:
In welchem Land bringt Père Noël den Kindern die Geschenke?

☐ Schweiz
☐ Frankreich
☐ Monaco

Antwort:
In der Nacht vom 24. auf den 25. Dezember bringt in Frankreich Père Noël die Geschenke. Dazu klettert er durch den Schornstein und steckt sie in die bereitgestellten Schuhe.

***

Frage:
Wie viele Strophen umfasst der ganze Liedtext von *Stille Nacht, heilige Nacht?*

☐ Drei
☐ Sechs
☐ Zehn

Antwort:
Der von Joseph Mohr verfasste Liedtext umfasst sechs Strophen. Gesungen werden aber nur drei davon – nämlich die erste, zweite und sechste.
Das von der UNESCO als immaterielles Kulturerbe der Menschheit anerkannte Weihnachtslied wurde am 24. Dezember 1818 erstmals aufgeführt und seither in über 300 Sprachen und Dialekte übersetzt.

Frage:
In welcher Stadt fand der erste urkundlich erwähnte Weihnachtsmarkt in Deutschland statt?

☐ Rothenburg
☐ Dresden
☐ Nürnberg

Antwort:
In Dresden.
Seit 1434 findet dort alljährlich der Striezelmarkt statt. Der ursprünglich als eintägiger Fleischmarkt initiierte Markt wurde erst durch ein Privileg von Kurfürst Friedrich I. von Sachsen möglich.

* * *

Frage:
Wie heißt der geplagte Familienvater der alljährlich gezeigten Weihnachtskomödie *Schöne Bescherung* oder *National Lampoon's Christmas Vacation*?

☐ Clark Griswold
☐ George Bailey
☐ Frank Cross

Antwort:
Clark Griswold (alias Chevy Chase).
Aber auch George Bailey in *Ist das Leben nicht schön?* und Frank Cross in *Die Geister, die ich rief* haben so ihre Probleme mit dem Fest der Feste.

Frage:
Wie lautet der Vorname des *...the Red-Nosed Reindeer* im gleichnamigen, populären amerikanischen Weihnachtslied?

☐ Haakon
☐ Prancer
☐ Rudolph

Antwort:
Rudolph.
Schon 1939 schrieb Robert L. May die Geschichte vom kleinen Rentier Rudolph mit der leuchtend roten Nase. 1949 wurde daraus ein Lied und 1964 ein Zeichentrickfilm.

***

Frage:
Wofür steht eigentlich die Adventszeit?

☐ Für das Backen von Plätzchen
☐ Für die Ankunft Christi
☐ Für Kerzen-Werbewochen

Antwort:
Ankunft heißt im Lateinischen adventus.
Bei dem Advent handelt es sich demnach um die festlich begangene Zeit der Vorbereitung und Erwartung der Ankunft Christi.

WIND UND STERNE Verlag – Fabienne Meyer

WER SIND WIR?
Ein kleiner, engagierter Verlag
abseits vom Alltäglichen,
mitten in der pfälzischen Provence.

WAS VERLEGEN WIR?
Niemals unsere Nerven, dafür immer
gute Kriminalgeschichten,
unheimlich gute Mystery-Storys,
Kinder- & Jugendbücher,
HistoryMysterys,
Leporello- und Kuvertgeschichten.

KONTAKT/BESTELLUNGEN:
windundsterneverlag@gmail.com
windundsterne-verlag.com
Tel. 06755-1825
Fax. 06755-1701

In unseren Kriminalgeschichten
wird mit dem Kopf gemordet
und mit dem Herzen.